U0487049

秋声破耳

大地赤子 / 著

陕西新华出版传媒集团
太白文艺出版社

图书在版编目（CIP）数据

秋声破耳／大地赤子著.――西安：太白文艺出版社，2023.1
ISBN 978-7-5513-2287-4

Ⅰ.①秋… Ⅱ.①大… Ⅲ.①古体诗-诗集-中国-当代 Ⅳ.①I227.7

中国版本图书馆 CIP 数据核字（2022）第 237503 号

秋声破耳
QIU SHENG PO ER

作　　者	大地赤子
责任编辑	曹　甜　关　珊
封面设计	书香力扬
版式设计	书香力扬
出版发行	陕西新华出版传媒集团 太 白 文 艺 出 版 社
经　　销	新华书店
印　　刷	成都兴怡包装装潢有限公司
开　　本	880mm×1230mm　1/32
字　　数	80 千字
印　　张	7.375
版　　次	2023 年 1 月第 1 版
印　　次	2023 年 1 月第 1 次印刷
书　　号	ISBN 978-7-5513-2287-4
定　　价	48.00 元

版权所有　翻印必究
如有印装质量问题，可寄出版社印制部调换
联系电话：029-81206800
出版社地址：西安市曲江新区登高路 1388 号（邮编：710061）
营销中心电话：029-87277748　029-87217872

序　言

朱　斌

　　刚强把他平常写的古体诗词，整理结集，题名为"秋声破耳"，发送给我，要我写一篇序。我既感惊喜，又颇为惶恐、犹豫。

　　我惊喜的是，虽然知道刚强一直在写诗，但不知道他居然写了这么多诗，足以结集出版。

　　而我的惶恐与犹豫，则是因为：我诚然喜欢古诗词，却对其严谨的格律、规范，一向都敬而远之，从未涉足探究，哪有资格对其创作心血评头品足，说三道四？更何况，我从未有过为别人作品写序的经验，且并不以为自己具备了这样的资格。那是属于文坛大腕或德高望重者的一种特殊荣耀。

　　然而，我终归没有拒绝。因为刚强当年读本科时，曾是我的学生。如今，他考上文艺学研究生，又笃定地选了我做导师。所以，算起来，我们已有了一种相识多年的缘分与情分。更因为，他对文学的痴迷、执着与真诚，触动了我。

　　这本诗集，以写作时间为线，将刚强大学毕业后个人经历的点点滴滴，串联起来，形成了一部独特的个人诗史，也可视为一本诗歌形式的个人日记。其内容丰富多彩，涉及他生活的方方面面：或观景，或咏物，或叙事，或纪行，或题画，或评诗，或论史；有阅读感悟，有写作体验，有交游感触……

读这些文字，最突出的印象是，他把真切的生活体验、现实感受、日常情思和人生感悟，寄寓于传统的古体诗词形式之中，使自我的真情实感，染上了丝丝缕缕的古意：中国传统文学有感而发、直抒胸臆而无关功利的那种古意，存在于民间大众日常生活与平凡心灵中的那种纯朴、真实与美好。

——这就远离了当下诗坛"废话体"之类的自由诗标新立异的哗众取宠与矫揉造作，也远离了体制内职业写作者闭门造车的虚情假意与功利气息。

而刚强这类业余写作者的文学姿态，这类民间大众的自我抒发，正是文学最古老、最基本的一种形态，更接近有感而发、自由表现的文学表达本源。而且，也正体现了当今时代民间大地上虽然微弱却极其顽强地生长着的一种文学力量。

所以，感谢刚强。他让我从这些文字中，读到了一位业余写作者真实的生活、情感与心灵，读到了一位对文学有着淳朴而美好信仰的文艺青年的鲜活形象，且让我触摸到了从民间大地的纵深处穿越物欲喧哗传来的一股股真实的诗意力量。

心中有诗意充盈摇曳的人，无疑是幸福的。因为酒肉饭蔬只能填饱我们的肚皮、温暖我们的躯体，而唯有摇曳的诗情、丰盈的诗意，才能填饱并温暖我们饥饿的精神与灵魂。

因此，我愿意写下这些文字，权以为序。

2020 年 9 月
于黄河岸边，师大寓所

目录
CONTENTS

秋声破耳

一 洮水流不尽，万里玉壶情 / 001

登高 / 001

灯下自谴 / 002

听包柱生老师讲《项羽之死》以诗赠之 / 003

南山行 / 004

夜吟 / 006

与诸君宴川王府归来后 / 007

登高临览 / 008

后山逢雨 / 009

夜半 / 010

读史七绝（五首） / 011

赠尉陇亮 / 013

蝘蜒歌 / 014

后山吟 / 015

山半观景　/　016

苦吟　/　017

幽居吟六首　/　018

致某君　/　021

二　千里孤帆外，江上多秋声　/　022

东窗卧啸四首　/　022

秋词五绝（十五首）　/　024

秋词七绝（十二首）　/　030

甘棠之曲（八首）　/　035

嵇康　/　039

老槐　/　040

戏拟渡口送别两首　/　041

读史五绝（九首）　/　042

读史七绝（六首）　/　046

山中八首　/　049

秋夕登高三首　/　052

有感　/　054

题三台阁　/　055

夜作　/　056

客舍抒怀　/　057

访友人　/　058

山湾即景　/　059

雪夜 / 060

寄诸君 / 061

忆初夏过卓尼观景台 / 062

夜作 / 063

忆秋入大峪沟 / 064

古槐题咏 / 065

刘裕 / 066

吊吴兆骞 / 067

三 大千无今古，一粒冻红尘 / 068

桥上作三首 / 068

读史七绝（三首） / 070

读诗（四首） / 072

春雨夜寄王二虎 / 074

春日即景 / 075

雨日读右丞诗 / 076

暮中吟 / 077

留春 / 078

月夜 / 079

南河抒怀 / 080

赛龙舟 / 081

端午 / 082

毕业赠诗 / 083

正午大雨寄友人 / 084

黄昏来雨间杂冰雹止而观景成句 / 085

过柳林 / 086

寄某君 / 087

忆至榜罗镇遇雨舍于张君家以诗酬之 / 088

忆风雪天过榜罗梁访友人 / 089

忆井天室时月 / 090

少年 / 091

观荷花图 / 092

观河有感 / 093

戏答韦苏州《寄全椒山中道士》并用其韵 / 094

塞外绝句两首 / 095

望雨听风吟三首 / 096

诗别故友之湖北竹山县 / 098

重阳前夕 / 099

重阳 / 100

雪中 / 101

诗别刘应清 / 102

望雪 / 103

遥和陶渊明 / 104

行吟 / 105

卧大通斋 / 106

读史四首 / 107

七夕 / 109

四 长翮及四海,风涛安可拦 / 110

出巴蜀吟五首 / 110

诗送族人陈真(两首) / 112

登马儿咀兼望罗家湾堡 / 113

忆过洞庭湖有感 / 114

忆过居庸关 / 115

寄谢小岗两首 / 116

寄訾文熙(三首) / 117

海南行追忆(六首) / 119

诗送戚亲成勇入长安 / 122

与侯君(三首) / 123

春赏桃花遥寄昌谷 / 125

咏史(十五首) / 126

赠弟(三首) / 134

诗题蜀香土蜂蜜兼咏蜜蜂 / 136

读《射雕英雄传》 / 137

红拂 / 138

棠棣 / 139

广州回吟(六首) / 140

春夜听雨吟 / 143

感时 / 144

忆与吴康宁登华山感赋　/　145

诗送宋绪东赴宁波　/　146

寄陈文强　/　147

赋动物园内狮虎　/　148

题画诗三首　/　149

观任明作书而诗　/　151

兰州留别任明　/　152

席上吟　/　153

入四川顺岷江而下　/　154

端午吊屈原　/　155

饮西湖龙井　/　156

雨急　/　157

侠客　/　158

诗挽田家炳先生　/　159

山居雨后　/　160

河西行七首　/　161

观西湖岳武穆王铸像图　/　165

致谢林老师　/　166

山中　/　167

五　火洲也故土，清风洒衣襟　/　168

大漠　/　168

夜月　/　169

元旦前夕 / 170

与徐东万煮火锅 / 171

忆至汶川 / 172

司马迁 / 173

观景台望刘家峡回吟 / 174

雪后 / 175

赠张瑞磊 / 176

即景 / 177

咏月季花 / 178

春吟（十一首） / 179

闻故园雪咏桃花 / 183

南湖观杏花 / 184

花间 / 185

巴黎圣母院失火 / 186

追挽金庸先生 / 187

游红河谷两首 / 188

叹 / 189

老木 / 190

读苏诗兼怀苏子 / 191

登览怪石林 / 192

与诸君午宴农家乐 / 193

与赵国勇马国琪暮中循河而归 / 194

与诸君夜饮 / 195

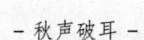

遥怀柳宗元 / 196

风后 / 197

赠沧州赵国勇 / 198

小辫 / 199

应马国琪邀宴香格里拉饭庄歌以赠之 / 200

苏武吟 / 201

李愬 / 202

雨中 / 203

元旦感怀 / 204

晚寒 / 205

赠别张立恒 / 206

附录（词） / 207

南乡子·春暮闲愁中 / 207

醉花阴·春暮春愁千万丝 / 208

钗头凤·满城风絮撩人面 / 209

更漏子·窗色白 / 210

清平乐八首 / 211

后 记 / 215

一　洮水流不尽，万里玉壶情

（癸巳九月初九至丙申七月廿三）

登高

好逢九月九，登高万枝秋。
南峰湿衣翠，洮水映眼流。
百日营营蚁，千金悠悠鹄。
何闲二三子？吟诗遍黄菊。

癸巳九月初九

灯下自谴

夜来读罢郑珍诗,哂笑河伯雪芹笔。
寒灯衰颜千万字,鬓霜裳破几钱值?
有酒聊斋同谁尽,青林黑塞婴宁衣。
通眉长爪乌夜啼,香魂吟唱鲍家辞。
掩卷长叹何人晓,湘绮楼下知音觅。

十月初六

听包柱生老师讲《项羽之死》以诗赠之[①]

包老幽默多，淳于逊三分。
形演"军溃北"，神说"一杯羹"。
倏而张大千，忽又李自成。
最为得意处，古调齐鲁声。
猛忆刘文典，高论吴雨僧。
君是何快哉，答之钟子期。
郢人又复生，运斤以成风。

甲午二月廿七

注：①附包柱生老师回赠诗《甲午年荷月中旬和陈刚强老师评课诗一束》：其一"说文论课心裁新，闻君美意更沉吟。评赏未足时人贵，赠诗一品敌万金"；其二"刚柔正入青纯境，强似仙剑悄问情。有志高远后浪猛，德润艺文并天廻"；其三"洮水渭河依山尽，曲径通幽陌路开。回首耕读少年事，依稀陈郎阔步来"；其四"石溪散人神韵正，自爱吾庐福田栽。心有天地云出岫，无歌无酒亦抒怀"。

南山行

晨起,步至山梁。沿途风景,可堪图画。存古发幽,动而属词。

山叠嶂,水回环,青天隐隐雾蒙蒙。
晨光动熹微,陈子适远征。
四围无人声,鸟聒鸡长鸣。
骏马蹄悠然,壑冷泉草香。
忽逢野人过,扬鞭驱牛羊。
东郭掩映绿丛里,青甍红瓦点素屋。
桑葚闲落无人食,李子透朱蚁齿酸。
深巷自有佳美醪,此处何少酒旗幡?
轻烟袅袅出画图,馌彼南亩爷娘欢。
南亩十余里,蝶飞多琼瑶。
浓淡总相宜,含情半坡腰。
回首翻白蕨,倏然见红荞。

伫立最高处,旷而神思杳。

十六国前何其远,羌戎故居宕昌王。

蒙恬循河起长城,伯约愁泣白水江。

铁马横过铁尺梁,腊子口前说大昌。

抚剑长号归去也[①],万山奔腾气纵横。

乙未五月初四

注:①引用康有为诗《出都留别诸公》中句。

夜吟

秋雨落梧桐，化作相思碧。
黄梅苦绵绵，绿琴乱丝丝。
遥学陈王笔，更怜西厢意。
一纸千万语，何月悟君怀？

七月廿一

与诸君宴川王府归来后

初冬何寂寥？携友论川王。
瘦影入寒壁，青稞①灼肚肠。
心随荒地远，叶落晚天空。
无趣亦可乐，百书一身藏。

　　　　　　　　　　十月廿二

注：①青稞酒。

登高临览

岷州古邑名，士子日夜仰。
眉月隐长空，风动野松旁。
云压千峰暗，川旷万灯明。
疏狂图一醉①，笔落意更长。

丙申三月初三

注：①引用柳永《蝶恋花·伫倚危楼风细细》中句。

后山逢雨

春风十里兴，唤起瘦龙王。
咳唾云四合，挥幡电母动。
白水落碧城，白雾润河江。
古道杏花乱，隔岸飘红香。
黄马舞长尾，昂首嘶边阳。
落拓久居者，舒卷笔欲狂。
遥首东山处，彤亭更苍苍。

三月初六

夜半

夜中不能寐，灯昏影壁白。
院花正绰约，听之神参差。
岷阳日迟迟，洮沚草萋萋。
荆襄玄德泣，景升何狗彘？
草庐春甚早，骠骑已出师。
依依汉南树，摇落江潭凄。
长风到云中，冯唐齿脱一。
淮阴带吴剑，宗悫挟秦矢。
苏子尝慷慨，流水尚能西？
开卷方释疑，佛老意更迷。
绵绵如长丝，遥遥期未知。

三月廿三

读史七绝(五首)

其一

古渡白雨翻红浪,将军有情壮士伤。
昂首不失文山气,胡为低头向秉章?

三月廿五

其二

九月草黄骊马肥,柔然弓堕胡烟静。
曾将弱卒伏强虎,北海长波起蛟龙。

三月卅

其三

众侪汲汲独默默,江山无言大树留。
千帆竞渡芙蓉口,一叶漫入柳花洲。

三月卅

其四

烟波浩淼江无际,列舰艨艟走如龙。
楚王风韵今在否?一帆突起百川中。

四月初二

其五

锦帆千里到金陵,峨眉掌上舞玲珑。
青溪有恨香魂动,定向颎公索玉容。

五月廿四

赠尉陇亮

友人馈我干蕨一斤,自知手拙,不能理调。送之陇亮,陇亮烹之,其味甚美。因邀我共享,诗以答之。

洞府幽窅仙人居,且简且陋不为然。
炰鸭脍鲤酬胜客,板胡弦上话流年。
轻骑千里卓尼路,漫缓百步夏河川。
洮岷岸上花正好,风吟其中已忘餐。

三月廿六

蜦蝂歌

蜦蝂裹物不知止，无奈体疲身半死。
人人见之人人怜，不知人人为蜦蝂。
朝对仓廪喜有余，暮比邻家叹不足。
春去秋来年岁改，无名原上一抔土。

三月廿八

后山吟

日落寒峰后,隐隐起孤烟。
白河飘红影,暗月冷千山。

四月十一

山半观景

鹤影微风立，入眼尽鸣虫。
轻烟笼故阙，鳄云裹群峰。
紫纱萦天幕，红火耀苍丛。
花落无人赏，水流长自清。

五月廿二

苦吟

曾经太白篇,漫言郊岛瘦。
寒川石阻塞,病竹泪粗疏。
搜肠百血沥,刮肚奇句出。
两联一吟意,始作清气流。

五月廿三

幽居吟六首

其一　幽居

茅茨不蔽性粗疏，良田半亩足饘粥。
幽室何言龙虎策，且斟且饮且悠悠。

五月廿九

其二　却愁

千斛闲愁何处抛？烟波浩浩水苍苍。
为唱风云储妙句，百态牢笼一寸中。

六月初二

其三　偶望云峰因思伯玉《感遇》篇兼祭伯玉

幽壑兰若正馨芳，岂望秋凋老冯唐？
欲乘风云除秽气，可向明王话纵横。

六月初九

其四　文竹

寒影微微骨细细，风姿隐隐意绵绵。
若逢诗人凝神睇，化成相思断魂篇。

六月初九

其五　渥洼

渥洼千里驱名风，京华缨带竞望中。
一生最爱枫林色，笑却金络入云峰。

七月廿一

其六　戏评金公《兰香图》

兰竹芊芊秀云天，青石隐隐色斑斑。
若欲惊魂尺间现，且将神功毫外添。

七月廿一

致某君

此君有奇术,妙手腹经纶。
才调红蕨粉,又理素弦根。
轻身然一诺,重义动云屯。
何时再相逢,把酒喇嘛墩。

七月廿三

二 千里孤帆外,江上多秋声

(丙申七月廿六至丁酉正月廿三)

东窗卧啸四首

其一 自嘲

游心文墨几多年,不问苍生何艰难。
行里若无家国计,纵有诗才也枉然。

七月廿六

其二　禅坐

长河寂寂走天地，红莲秋菊月下斜。
纵有千年功伟事，亦且随影终幻灭。

七月廿六

其三　惊梦

曲江池畔花万紫，氤氲蝶舞入眼迷。
突至风雨惊壮士，卧啸东窗《秋笳集》。

七月廿七

其四　美人

珍珠明月玉琼光，幽居竹林览华章。
京洛公子三千客，独向青洲觅蕙香。

七月廿八

秋词五绝(十五首)

其一

秋风乱江波,白石委苍苔。
老鳄深水去,寒鲶歌吟来。

九月初三

其二

夜风起凉篷,摇散灯烛影。
寒眉苦惆怅,古字婆娑行。

九月初三

其三

汽笛长天暗,冷云入暮深。
阁楼闲枯坐,细数江上风。

九月初三

其四

冷雨夜打篷,沉睡梦魂惊。
千里孤帆外,江上多秋声。

九月初四

其五

黄叶染青石,长吟伴暮弦。
古香凝枯翠,野雀落寒烟。

九月初四

其六

雨后风习习,黄菊色如新。
残月无归处,携壶卧白云。

九月初四

其七

秋高气闲闲,零露漫幽行。
士子长吟过,红叶满回塘。

九月初五

其八

蝈蝈失原野,鸡禽缩翎衣。
槽马嘶不尽,秋风过铜台。

九月初六

其九

长路夜漫漫,风紧汗如蒸。
何时迎曦笑,万里赏明霜?

九月初七

其十

冷鹤下白沚,幽萍浮秋水。
长愁如暮雨,暗暗滋天际。

九月初七

其十一

零露气转寒,北地又冰天。
西风湿不透,明月几婵娟。

九月初八

其十二

鱼云高木合,紫气黯然收。
暮寒生古调,长铗落铮铮。

九月初八

其十三

屋陋风萧索,白壁彩凰飞。
秋气入衾被,夜雪卷书帷。

九月初十

其十四

黄叶掩曲径,白露落苍桐。
西风暗虫唱,暮色冷青松①。

九月十三

注:①王维《过香积寺》有"日色冷青松"句。

其十五

红叶流浅濑,幽云映碧湍。
迁客如有意,归吟洞庭边。

九月十三

秋词七绝(十二首)

其一

秋风漫漶古金城,凋红枫叶瘦却灯。
人生何处不诗兴?江上肥鲈可调羹。

七月廿八

其二

宋玉情杳草堂伤,诗赋至今动中华。
秋风最能起幽兴,胜却春洲十里花。

七月廿八

其三

日高红楼云清散,天阔水远空漫漫。
秋气浸芜江海志,负笈闲吟落林间。

八月初四

其四

红灯掩抑碧灯流,花虫空蠹屋梁头。
秋高何事忧老大?绿波瑶琴古扬州。

八月初四

其五

埙篪吹落碧云间,夜半天涯层楼端。
白镜何时满髭须?岁月深处是青山。

八月初四

其六

年来何事不淹留？锈涩古剑半墙鸣。
偏爱晚唐香艳句，夜雨芭蕉楚楚吟。

八月初五

其七

江湖波静已初更，凉天妩月恰相逢。
西风却将商歌唱，吹起流纹一层层。

八月初七

其八

红叶漫舞石径寒，长天空碧水潺湲。
人生何妨有秋色？只将彩笔绘成欢。

八月初八

其九

青天明月起良怀,寒影流泻碧楼中。
同时怜爱人何在?山远水长波万重。

八月初九

其十

何处银塘香淡淡,美人摇舟入红莲。
一袭秋风北寒地,黄庐苦酒梦江南。

九月初八

其十一

客子憔悴向银堤,长川泱漭月迟迟。
何时淡却名和利?携壶悠与碧云期。

九月初八

其十二

美人徙倚江南秋,千里情寄鹚鹣裘。
客子不寐登台望,银潢横空泛思流。

九月廿九

甘棠之曲（八首）

其一　甘棠

家有甘棠，其旨甚美。无奈蜂虿食之，诗以驱之。

春雪烂漫夏荫秾，实旨不与凡庸同。
最恨蜂虿食之半，捉取螟螣入炎丛。

七月廿八

其二　诗自评

大历幽冷河东寒，香艳已觉骨气玄。
岂将心境比诗境？万里重山一线牵。

九月初五

其三　题陆公《凤凰图》

千里扬翩年华促，岂屑蒿林碧巧置？
霜轻瓦冷秋色重，古壁笑展凤凰图。

九月十一

其四　吊长吉

青磷隐隐碧桐间，婀娜歌舞胜似仙。
神魂千年长吉没，疑是小小[①]对客弹。

九月廿一

注：①李贺有诗《苏小小墓》："幽兰露，如啼眼。无物结同心，烟花不堪剪。草如茵，松如盖。风为裳，水为佩。油壁车，夕相待。冷翠烛，劳光彩。西陵下，风吹雨。"

其五　矫首

冥心书海神杳杳,惊波荡漾烟浩浩。
矫首一瞥南野际,红花烂漫悬云涛。

九月廿二

其六　看雪

梨花簌簌锁重门,笑绽长空没寒砧。
立楼援引疏五脏,明朝提笔甚精神。

九月廿八

其七　过古庙见有丐蜷缩有感

猧儿着锦娇褥上，甘肥不咽贵妇伤。
岂知有丐风雪夜，糟糠敝袍古庙旁。

九月廿九

其八　妙玉

曾经妙玉寸心伤，倾国犹陷淖泥中。
不是王城轻美色，凡尘重利妍媸同。

九月廿九

嵇康

清水古石畔，嵇子调素琴。
竹篁明月色，仙袂独翩翩。
自朝又入暮，经冬复至秋。
凉风起木末，叶落白云端。
皇室岂无臣？卫霍满朝间。
太玄幽谧气，岩穴伴童颜。
手挥五弦急，龙跃海难眠。
长门飘广带，云霞漫曙天。

九月初四

老槐

　　家有老槐一棵，虽枝叶粗疏，裂纹斑斑，然古道劲拔，雄姿傲立，甚是动人。曾细观之，上有霉迹，虫蚁浮附，心甚怜焉。然其质坚硬，其容豁达，其色朗朗，其气高雄。如今被伐，已为屋上之檩矣。

老槐碧云里，根断叶粗疏。
蝼蚁蚀不破，风刀又何如？

　　　　　　　　　　　九月初六

戏拟渡口送别两首

其一

金露湿蝉翼,玉波流孤曦。
妾恨无限意,同此水云悽。

其二

红蘂香已尽,歌棹暮寒归。
斯人天际去,邅回月迟迟。

九月十四

读史五绝（九首）

其一

暮阳红古堧，旌旆照大川。
将军夜不寐，甲涩月如酣。

九月十四

其二

溱洧芍药乐，美歌《汾沮洳》。
寂寂长门夜，明月汩汩流。

九月十五

其三

川迥野莽莽,垣断鹄狐惊。
将军和冰卧,明日复前征。

九月十五

其四

汉末风飚发,激扬壮士心。
百战归来后,软笔绣长吟。

九月十六

其五

巨象沦沦波,虮蚤起林蒿。
阮公今不见,须落气惨惨。

九月十六

其六

酸棘廊庙悬,高木老林间。
百肠雨渗漉,气结魂盘桓。

九月十七

其七

朝阳明大漠,白月洞孤天。
隐巷出红马,龙旆过凉关。

九月十八

其八

月落关山北,楚声四面起。
拔剑为君舞,长离莫歌悲。

九月廿四

其九

大漠鹰隼逐,金山猎貔虎。
明宵长安乐,车鼻座中哭。

九月廿四

读史七绝（六首）

其一

万里投荒生死忘，凌烟阁上盛名扬。

一朝无缘达夫命，不悔犹有文章长。

九月廿一

其二

奇功难有敝袍毡，夜宿荒原思汉天。

故国风来燃客梦，烧尽寒旄化杜鹃。

九月廿一

其三

北尘胡气尚嚣张,建康歌舞醉卧中。
紫塞西风吟战马,关河万里增愁容。

九月廿一

其四

海洲有酒能醉客,千年不识圣主哀。
只恨水远天无际,何时方舟到蓬莱?

九月廿四

其五

柴门短褐木罂空,穷搜枯笔两鬓斑。
膏腴岂知家国计?依旧客马向京关。

腊月初九

其六

破壁荒垣北风中,古字婆娑泪眼空。
我亦有家陇水上,千年长恨居延东。

腊月初九

山中八首

其一　山中

山月独朗朗,涧户声寂寂。
幽人此夜去,何对菊花诗?

九月十五

其二　幽兰

阴风谷瑟瑟,流水日寒寒。
曦影终不至,气芬骨更坚。

九月十七

其三　登台

傍晚登台高，孤阳堕烟杳。
野风贯幽嶰，山木起云涛。

　　　　　　　　　九月十七

其四　蟪蛄

人生如秋露，玲珑瞬转无。
何颜嘲蟪蛄？千年亦为疏。

　　　　　　　　　九月十八

其五　绿衣

美人采兰渚，杜若和芳馨。
绿衣今不见，黄裳愆我心。

　　　　　　　　　九月十八

其六　缃叶

客子临江渚，暗影入桥雕。
缃叶胡旋舞，纷纷落碧涛。

九月十八

其七　蹊行

水色闲菊影，流光过台清。
短羽啼枫落，红叶蹊上明。

九月廿一

其八　古亭

古亭隐江洲，云岚壑林收。
一卷对佛老，天地漫悠悠。

九月廿二

秋夕登高三首

其一

傍晚入古寺,廊庑漫迂回。
黄叶沾石径,斑竹映青衣。
凌顶天远大,长河细如丝。
何妨乘醉气?挥吟太白诗。

其二

向晚倚栏杆,横照落日圆。
铁山环北邑,黄河入南川。
流纹浮沙细,黑气涨云天。
禅音苦缠耳,清丽月中看。

其三

斜照临古道,循此登云高。
远山拔地势,含雄塞垣腰。
睥睨河川阔,绮霞漫波涛。
风起日将暮,快艇劲如脱。

九月廿四

有感

忆昨饮酒百花园,桃李缤纷小径前。
细数日月歌辽阔,粗指天地论太玄。
已而书剑江湖远,便无琴笙风雅传。
磋跌岷峨吾多恨,再莫辜负好华年。

九月卅

题三台阁

三台摩高天,余道入云烟。
暮阳沦沙海,寒影偎栏杆。
千嶂隐龙堡,百溪汇豹湍。
左公题诗处,试对卧虎联。

十月十四

夜作

八月箧行远,不觉近腊天。
急雪摧残叶,北潮冻重山。
饥虱肥寒领,厚垢暖疏棉。
六国空相印,岂知苏子颜?

冬月廿七

客舍抒怀

残夜霜风白,孤馆凤凰台。
鬼声吟墟外,羁客梦蓬莱。
西塞才半岁,北地又多载。
此心谁识得?乌落老檐槐。

冬月廿九

访友人

古道夜浩浩,风衣美酒垆。
孤星林间隐,散云隘上浮。
土堡声传迫,荒落豕奔突。
主人遥笑答,松醪绿珍珠。

冬月卅

山湾即景

午后日转暖,信步游山湾。
黑鼠闲场圃,赤鸡斗蔬园。
长峧千里墨,枯巚万木烟。
由来百年久,生民乐居安。

腊月初一

雪夜

高原雪轻飘，洋洋向南山。
野径荒芜没，流沙惨淡眠。
粗葛霜还重，鱼衣风又酸。
腹炉火已灭，柏樽酒尚残。

腊月初九

寄诸君

古木参天没,荒途近水涯。
蛇索寒岭表,月槎老岩罅。
貔貅隐玄窟,鲳鳝化冰沙。
云藏雪杳处,单衣问酒家。

腊月十二

忆初夏过卓尼观景台

周末颇似仙,遥遥溯洮边。
绮岫溶溶雨,清禾淡淡烟。
红甍心犹在,白羽意尚闲。
逶迤山水去,恍梦非人间。

腊月十三

夜作

夜落长坂长,沙黄草野苍。
寒风瑟瑟生,白月迟迟上。
黑雕峰崖笑,乳鬣冰雪伤。
归人犹未已,拄杖向故乡。

腊月十八

忆秋入大峪沟

西塞秋来早，零露沾青袍。
香禾宇下列，圆木野中烧。
回俗盈土道，藏谣播云霄。
漠漠林深处，割胶影动摇。

腊月十九

古槐题咏

乌槐老场隅,枝落发粗疏。
临壑心犹壮,仰天气更笃。
白籽惨风尘,黄皮凄霜露。
虫蚁食不断,来春凤鸟居。

腊月二十

刘裕

巷陌本寻常,风流总无乡?
沉龙起北府,王气撼建康。
长戈逐千河,铁骑压万冈。
生民携壶望,遗恨到关凉。

丁酉正月廿三

吊吴兆骞

二月江南野,流莺处处歌。
绿水丝絮浮,黄芽弱枝吐。
长枷锁骨酥,画角惊梦呼。
塞外寒冰地,孤魂长安否?

正月廿三

三 大千无今古，一粒冻红尘

（丁酉二月初九至丁酉腊月初三）

桥上作三首

其一

美人何愁望高楼，依依舞女奏瑶池。
流云黄尘遮不住，春日惨淡纸鸢飞。

其二

中闺有月水莹莹,麝气兰香空靡靡。
一靥春愁吹不展,却看流波波更细。

其三

携壶青衣觅春芳,冬残余雪点江氾。
彷徨无处不销魂,夕阳顾影影中归。

二月初九

读史七绝（三首）

其一

南国香色满金谷，一行珠玉落碧笺。
王城且留侯景位，我自高笑拜佛龛。

二月廿七

其二

昨夜暗雨穿梧桐，烛烧锁甲定西东。
不耻隋文成帝业，失恨孤冢老英雄。

九月初八

其三

将军绨袍不引弓,夜夜游思待奇功。
塞上何乏英雄气?一战胡马暗秋风。

十月十三

读诗(四首)

其一 读崔护《题都城南庄》

崔君不及春,怅入去年魂。
长堤十里外,桃色空温黁。

二月廿九

其二 雪后次韵林则徐《塞外杂咏》[①]

疑是王宫弃玉瑶,同风役役何寂寥。
千载名灭江河碧,一任冰魂浪中消。

八月廿一

注:①林则徐原诗:"天山万笏耸琼瑶,导我西行伴寂寥。我与山灵相对笑,满头晴雪共难消。"

其三　次韵谭嗣同《潼关》①

纵是高菊老寒城，含清顾影任秋声。
知音必得陶君赏，日暮苍晖意难平。

八月廿五

注：①谭嗣同原诗："终古高云簇此城，秋风吹散马蹄声。河流大野犹嫌束，山入潼关不解平。"

其四　夜读郑珍诗

又惊凋落似秋深，往复行吟梦还真。
明灭天涯只一卷，枯涩肠脾老郑珍。

九月初八

春雨夜寄王二虎

甘南心常安？别离又经年。
情壮金城路，气劲黄河干。
翱天是鲲鹏，蛰海非等闲。
今夜长川涌，因风寄缱绻①。

三月十三

注：①引用郑珍诗《宿乔口，柬同幕诸君》中句。

春日即景

长堤二三里,弱柳愁依依。
千红同风醉,百艳在隅隈。
折枝留所爱,惨淡伤客怀。
此情无能已,缥缈怅吟归。

三月十九

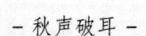

雨日读右丞诗

墟落炊烟尽,儿童掩门闲。
蚕眠桑叶小,雨漏雀巢安。
清梦参禅道,浓睡忘羁牵。
从此长逝矣,悠悠在辋川。

　　　　　　　　　　三月十九

暮中吟

向晚意似恬，循河悦春酣。
夕阳明疏柳，墨燕轻楼天。
水动鱼隐跃，风生歌暗圆。
纷纷桃香散，温麘湿绿衫。

三月二十

留春

何时已无春？迫及到西园。
榆钱星如雨,柳絮笑迎深。
寂寂白蝶意,悠悠红粉心。
黄昏余余尽,绮香漫无痕。

四月初七

月夜

今夕何夕影朗朗?呼唤故园累十觞。
遽止明月杳杳去,天涯同君共清光。

四月十四

南河抒怀

散怀南河干,暑气腹中喧。
青木秾眉卷,冷堡卧云残。
万里博望梦,一室定远安?
倏尔长风起,旻霄空漫漫。

四月廿九

赛龙舟

一水阔边村,暑气夏日昏。
旗鼓江波暗,号哨素云繁。
百里无杂目,一室有余魂。
莫怨力不用,成诵也昆仑。

五月初三

端午

西邑晨云浮,隔夜狂风收。
沙枣①永巷逸,香粽古筥羞。
今有长沙客,何吊楚滨侯?
鹔裘换美酒,孤酌忘烦忧。

五月初四

注:①即"沙枣花"。

毕业赠诗

微雨浥凉庭，夏木正青荣。
十年穷书籍，一朝竞鲲鹏。
此去天山腾，还来东海轻。
洮水流不尽，万里玉壶情。

五月初九

正午大雨寄友人

雨密山城空,人瘦寂寥风。
辽辽天沉默,嘈嘈屋腾冲。
已逝张巡困,再无李陵穷。
君愁何浓矣,荒岑白雾中。

五月初十

黄昏来雨间杂冰雹止而观景成句

落霞隐天遥，晚晕见半霄。
一去百绿怒，两回双燕娇。
恍恍风雷静，萧萧古今嘲。
无情都不管，余步似逍遥。

五月十五

过柳林

人生何匆匆？且行暮野中。
水随红波涌，山尽碧芜空。
回首奔紫塞，却步渺苍穹。
一木独拔拔，疑是左公种。

五月廿八

寄某君

豆蔻年来发峨峨,一笑一颦碧心多。
幽香岂及澧沅木,绵邈却胜洞庭波。
无愁雪笺粉空蠹,有恨明星镜中磨。
此去天涯何所忆?细雨灯花梦婆娑。

六月廿三

忆至榜罗镇遇雨舍于张君家以诗酬之

风尘何处家？骤雨山晚号。
平生十成志，此地一为牢。
寥寥天地客，萧萧江海舠。
莫起穷途叹，主人有佳醪。

闰六月初七

忆风雪天过榜罗梁访友人

才至牛角丘,风雪目已酸。
荒途尚秦垒①,高天犹戎毡。
塞上奇峰斗,梁下墟落安。
遥知友人处,寒菹佐清欢。

闰六月初八

注:①榜罗梁上有战国秦长城遗址。

忆井天室时月

自古才人多居卑,弹铗赋句思云腾。
独把豪笔怜太冲,再顾雄笺叹子升。
萧萧塞原千秋雨,泠泠室卧一团灯。
长怀此情不能寐,且师接舆将汝憎。

闰六月初九

少年

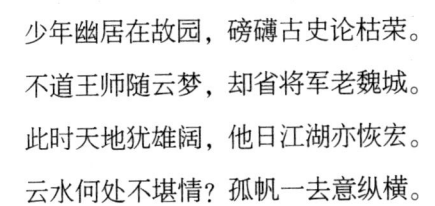

少年幽居在故园,磅礴古史论枯荣。
不道王师随云梦,却省将军老魏城。
此时天地犹雄阔,他日江湖亦恢宏。
云水何处不堪情?孤帆一去意纵横。

闰六月初九

观荷花图

曾是诗中客，独依君子家。
清浊都不论，荣辱岂堪夸？
偏恶同椒叶，还耻并樱花。
濂溪去已远，临风自悼嗟。

闰六月初九

观河有感

此地有佳芦,萋萋向河滨。
水肥波浪细,鲟美碧鳞新。
濠上同君子,渭流共霸臣。
食鱼尚不够,还笑孟尝君。

闰六月十四

戏答韦苏州《寄全椒山中道士》并用其韵①

日暮苦吾吟,人生秋水客。
明窗独霁月,浅濑一神石。
佳酿老幽坛,良箫促漫夕。
为君落叶扫,石径空云迹。

闰六月十五

注:①韦应物原诗:"今朝郡斋冷,忽念山中客。涧底束荆薪,归来煮白石。欲持一瓢酒,远慰风雨夕。落叶满空山,何处寻行迹。"

塞外绝句两首

其一

千里慕名朝圣迹,误入荒谷听急流。
试登高云绝顶处,乱笛嘶哑野风秋。

其二

一去苍莽心不知,且行且悦两山秋。
蓦然回首云高处,万千灯影晚峰幽。

七月十八

望雨听风吟三首

其一

已觉秋黄秋渐深,形销骨立气还侵。
连翩无穷轻恨雨,谁抛潇湘一片心?

八月廿四

其二

已无慷慨随骠姚,更有逸兴论鲍超?
波重眉蹙天欲雨,隔叶浓蕉听潇潇。

八月廿六

其三

欲寻明君共微醺,人去楼空满氤氲。
一团灯影湿寒砌,不忍木叶落纷纷。

八月廿六

诗别故友之湖北竹山县

故人秋雨来,千里得知音。
菊黄堪对酒,叶散正合吟。
萧瑟羞北邑,雄豪动南岑。
挥袂从此去,相望楚云深。

八月廿九

重阳前夕

暮意与风急,萧瑟小城西。
眉青随黄叶,步涩续歌吹。
翳翳天门闭,惶惶人情悽。
憔悴付冷雨,蹉跎菊花期。

九月初八

重阳

朝雨冻霉苔,重上野风陂。
寒林销秀色,冷瀑增荣肌。
汩没同天地,兴亡共四时。
今身何处也?烟雾晚钟催。

九月初九

雪中

今夜雪急江海潮,欲寻酒肆慰心豪。

满城空廓人独醉,一行清印自窈窕。

十月初二

诗别刘应清

青冥几寥廓,今朝雁南穹。
卓尼轻烟雨,宕昌傲空濛。
成雄排今古,扬气迈崆峒。
何时再樽酒,高吟快西风?

十月十二

望雪

故人千里入梦来,江湖美酒正欣欣。
卷帘却向无垠处,一山沦没白雾雾。

冬月二十

遥和陶渊明

平生何拘拘,笑谈不由吾。
还羞曹商道,更耻终南儒。
逸逸云岫合,嘤嘤鸟山忽。
两忘桃源里,香稻足肠娱。

腊月初一

行吟

十里数腊腥,白道叹飘零。
即来天地绿,回首二月青。
远游非常志,入山恐妙龄。
康乐应最苦,仪仗满冈陵。

腊月初一

卧大通斋

云垂帘幕湿，长思倦衔杯。
一梦芙蓉去，复见榴花白。
锋锐常难度，韬略岂易猜？
犬吠兼急雪，应是故人来。

腊月初二

读史四首

其一

作赋非吾意,乃心在塞途。
合击息马蹄,佯进噪玉枹。
一战骄胡虏,千秋灿史书。
莫笑少年气,亦使长风驱。

腊月初二

其二

夜阑梦正稠,匹马跃云高。
紫塞狂分炙,霜河竞谦袍。
一觉空四壁,独明只赠刀。
无才效明主,长啸岂堪豪?

腊月初二

其三

将军弃高堂,万里赴戎疆。
血饮炊马骨,雪食冻荒肠。
十载登麒麟,一朝碎未央。
冒顿到白登,良弓安可藏?

腊月初三

其四

自古争战地,夜来常风瘴。
疑星魂不散,是月意难款。
健笔雄司马,凌烟屈房琯。
依然多名将,王气在枹罕。

腊月初三

七夕

纤云何处寻？风雨隔窗因。
温笺冷香色，柳谱空漪沦。
故园花已谢，他乡月常贫。
大千无今古，一粒冻红尘。

腊月初三

四　长翮及四海，风涛安可拦

（丁酉腊月廿三至戊戌八月初七）

出巴蜀吟五首

其一　望长江因思杜甫

千年已去老龙眠，孤影长江尚遗舷。
无恨人生常羁旅，壮怀天地有佳篇。

其二　巴蜀因思陆游军旅四十年

峰剑云表气如奔，千旌浩荡漫无痕。
带禽扬马非等闲，今宵再注酒一樽。

其三　吟放翁句

歌吹腊月已及春，作赋江津软烟匀。
偏忆放翁骑驴句①，风流酷似天上人。

注：①陆游有诗《剑门道中遇雨》："衣上征尘杂酒痕，远游无处不消魂。此身合是诗人未？细雨骑驴入剑门。"

其四　南充望景

白烟笼水色空濛，千万人家静野中。
矮松何逊乔木壮，自增秀色又一重。

其五　阆中吟

长桥蛇影入苍穹，碧峰无言抱千松。
同坐儿女皆欢笑，人言已至古阆中。

腊月廿三

诗送族人陈真（两首）

其一

少年辞冬去，乡关久难逢。
请缨夺关马，揽辔跨华峰。
百载名常贵，今宵梦颇浓。
东瀛不为远，濯剑荡心胸。

戊戌正月初二

其二

今夜雪飞白，游子出故园。
临空风瑟瑟，没野道盘盘。
无妨阮郎促，不齿张翰安。
长翩及四海，风涛安可拦？

正月初四

登马儿咀兼望罗家湾堡

苜蓿新苗渐,长道一漫瞻。

雪点陇山翠,塔①立土堡尖。

雄嘶听骡马,豪语对粉奁。

遥首云汩没,春气湿胡髯。

正月初三

注:①新修之电塔也,为西电东输之用。

忆过洞庭湖有感

昔有李斯客，汲汲邦伯朝。
临岳挥笔近，顾步惜时遥。
一叶银波去，千古盛名消。
我心复白云，山水永不凋。

正月初六

忆过居庸关

尘笼封常苦，携思故登临。
凌空风浩荡，过界树萧森。
排闼独寒塞？扼冲一黛岑。
燕赵多怆歌，慷慨伴君吟。

正月十八

寄谢小岗两首

其一

梅开几度寒？去岁照心丹。
一论激酡颜，再争冲素冠。
琼台留客厚，江海渡舟宽。
勿忘临岱志，与汝共琅玕。

正月十八

其二

齐鲁有旧游，暂居古琼州。
毋轻白圭道，应与郭纵谋。
风清香椰细，情浓绿草稠。
隔海忽灏灏，故人神搜搜。

正月十九

寄訾文熙（三首）

其一

河州有真人，潇洒出风尘。
一吟白鹿去，独啸青崖频。
自在春空碧，无妨寸心亲。
我诗在鹡鸰，骚雅共平均。

正月二十

其二

吾兄才八斗，应与曹王侔。
独偏荒裔外，不在庙堂区。
一步尚遥遥，千里独拘拘。
彼此鼓枻去，沧浪问中流。

二月初七

其三

窗外春浩浩,隔帘影迟迟。
一诺轻季子,千秋独伯夷。
自在瑶池侧,何必羡鼎食?
当君摇笔日,是吾醉吟时。

三月初三

海南行追忆（六首）

其一　澄迈县望海

瀚海何处极？一望惊冯夷。
排浪兼天舞，游鸥触岸回。
绝垠君独有，六漠尔专私。
长怀此浩浩，萧然不知羁。

正月廿一

其二　赠天涯镇郑先生

天涯不为远，有朋意常牵。
谈笑任欹侧，杯酒忽忘年。
帘外今细雨，故国昨雪旃。
万里昂昂去，南风寄诗笺。

正月廿四

其三　登鳌山望南海兼寄北地诸友

万里逐风末，临山对汪洋。
一舰天际横，数鸥巨石苍。
得意须癫狂，销铄何病殃？
相期共南海，为君剧苍茫。

　　　　　　　　二月二十

其四　海口市吊五公祠

荒裔带春风，我今吊寒祠。
百竹藏气冷，一泉咽烟迟。
胡骑今关内，庙堂岂令才？
江海潮不断，孤魂常泪垂。

　　　　　　　　二月三十

其五　儋州市题东坡书院兼怀苏轼

　　大道向四极，海南二月春。
　　秕糠犹圣贤，尘垢亦良臣。①
　　逐浪北胡践，轻鸥帝子难。
　　同风随我啸，桃李却莘莘。

三月初一

注：①意用《庄子·逍遥游》中"是其尘垢秕糠，将犹陶铸尧舜者也"。

其六　夜宿感城镇听风啸海上

　　冬雨复含情，缠绵绕城高。
　　萧森为客意，牢落是心槽。
　　半夜灯明灭，余更梦续翱。
　　飞廉驱龙虎，时啸在江涛。

三月初四

诗送戚亲成勇入长安

我家月虽瘦,三载气斑斓。
苦胆尝稷下,麟台莫盘桓。
一战惊群儒,再试何等闲?
论剑毋须让,西岳必跻攀。

正月廿六

与侯君（三首）

其一　题友人侯君所赠玉兰花图

　　春风犹料峭，数枝已先期。
　　娇色隐危楼，绰态动晨熹。
　　来远香还细，去意梦颇迟。
　　馈荑自郊外，相赠美人贻。

二月初三

其二　题侯君所赠济南百花图

　　何地幽香留？疑自校园东。
　　千红湿地气，万紫耀天穹。
　　纵是蜂蝶满，犹且傲孤衷。
　　寒风时浩荡，此心最玲珑。

二月二十

其三　题侯君所赠百云图

当晚风来际，如常云动时。
百翎留空紫，一凤遮眼迷。
种草笙吹碧，腾龙影摇急。①
已知佩环乐，早闻银河湿。

四月二十

注：①李贺《天上谣》有"王子吹笙鹅管长，呼龙耕烟种瑶草"句。

春赏桃花遥寄昌谷

昨还意惺忪,今已满园东。
一枝先摇曳,群朵竞争红。
纷纷鳞甲落,洋洋雪香空。
亹亹非吾事,骑驴伴春风。

二月初五

咏史（十五首）

其一

圣人遑遑去，四顾茫茫如。
尤恨美人疑，更恐香草疏。
楚台今蔓草，昆仑也丘墟。
九死当常事，邈邈高阳居。

二月初五

其二

铁汉不常有，亘古只数葩。
众人皆诺诺，吾气独煅煅。
斩佞犹危身，安国岂顾家？
陇上春风细，二月早著花。

二月初七

其三

汉朝多小吏,独君击上流。
蛮乡霜胡染,远塞破袍秋。
从今矢一志,到死香国留。
大宛空血马,还闻博望侯。

二月二十

其四

群鼠何嚣哉,江山几为糜。
独肩百万重,一力浪潮回。
狄道今风雨,陇秦尚余悲。
千秋只道义,舍尔更复谁?

二月三十

其五

包胥音还在,进明何太绝?
睢阳非扼冲,社稷已丘垤。
食鼠知忠义,断指蔑鱼鳖。
长风如我意,慷慨悼雄杰。

三月初三

其六

缙绅不足道,文饰多含幽。
争利常恐后,济人却含愁。
磅礴今生死,转瞬复夷犹。
郭解虽五短,八尺亦为羞。

三月初四

其七

崇祯甚平庸，日夜枉营营。
更是百姓羹，还为君王虻。
抛家只社稷，体国岂英名？
关塞嚣胡马，将军死皇城。

三月初八

其八

自命皆文武，风流谁最深？
纵横赵子术，潇洒宋公心。
已变豕奔逸，将倾木扛临。
碟身莫哀叹，今闻石灰吟。

三月初八

其九

当初草庐时，云水任相逢。
三顾鼎分计，一别丘卧空。
戎马应吴蜀，羽扇到南穹。
祁山志何长，遗恨总无功。

三月十八

其十

武韦心颇忮，将军起自溃。
已曜光千里，再跃复谁为？
偏迷倾国步，奈何马嵬弃？
未央月三更，唯余秋犀利。

三月十八

其十一

已著花鸟袍,日夜望君深。

不寐常耿耿,难安数侵侵。

足勇克帝胄,无计存肝心。

周风能及处,遗子在长林。

三月廿三

其十二

晋阳自沉雄,高氏久蹉跌。

养晦徒家壁,韬光岂峻节?

无能撼建康,有计动台阙。

纵是倏零落,斩麻气犹决。

三月廿三

其十三

失鹿谁逐得？髟发有狂徒。

妄行天下计，无惧老臣谋。

虞美空歌泣，东城尚名沽。

叱咤虽猛虎，亘古一匹夫。

三月廿三

其十四

楚王多鱼目，卞和冷衫襟。

抱璞荆山泣，遗恨庙堂今。

总归刑台厚，难为私家深。

刖足非可怜，矢志更痛心。

五月初四

其十五

徒此揖清芬①，何以霸主长？

不识莜与稻，难辨奸和良。

靖难岂浮说？开平应朽狂？

战臣杀荒外，虚子在庙堂。

　　　　　　　　　五月初四

注：①引用李白《赠孟浩然》中句。

赠弟（三首）

其一　登兰山

昔日多齷齪，含羞在吴宫。
无夜不肝胆，常年对碧穹。
尚书虽退之，西域必左公。
兰山可骋马，万户风声中。

二月廿七

其二　赠弟时游三湘

一水色氤氲，三湘时白云。
纵谈王公贵，亦笑五侯薰。
衡下乃天子，武陵真大昕。
楚酪非为美，吴莼必合君。

三月初三

其三　赠弟时游太湖

太湖秋波盛,当君去帆迟。
柳闲天地色,风静往来思。
或动因云鹤,时激为楹诗。
幽然缥缈暮,重与庄子期。

七月廿

诗题蜀香土蜂蜜兼咏蜜蜂

蜀道山林翠,幽香出涧泉。
百蜂不为己,一夜俱无眠。
佳酿秦陇逸,美容故园牵。
春风时四月,尔影早翩跹。

三月初一

读《射雕英雄传》

大漠何所有，惊沙出奇恩。
十年为一诺，霜鬓杂风尘。
今古唯高义，江湖岂浪樽？
边云侵月夜，独骑到襄樊。

三月初一

红拂

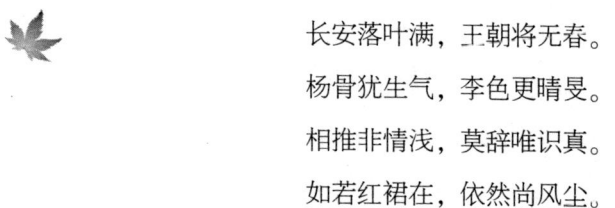

长安落叶满，王朝将无春。
杨骨犹生气，李色更晴旻。
相推非情浅，莫辞唯识真。
如若红裙在，依然尚风尘。

三月初四

棠棣

一水常相望,孤悬究可哀。
势分危域海,力弱伴违灾。
棠棣歌盈耳,角弓诫刻怀。
本皆炎黄后,肝胆勿嫌猜。

三月初六

广州回吟（六首）

其一　登览广州碑林

轻烟湿翠微，竹径入云高。
怀喜知音在，去愁羁绊消。
抚栏凌太虚，击槛愧雄豪。
扼腕莫停笔，顽石铸风骚。

三月初七

其二　经韶关市入广州

夕照沉血碧，神飞楚歌微。
已去青峰远，当随绿水归。
滂沱侠士气，浩荡书斋题。
羊城留客意，相顾足诗肥。

四月廿二

其三　广州

任嚣争言死，南越含其锋。
扬旛惊域海，挥纛动秦雍。
英雄常水涌，鱼鳖亦云蒸。
如今繁盛地，慷慨往昔容。

　　　　　　　　四月廿二

其四　登白云山

如何冬风软？抚汝意洋洋。
木映一湖黛，花随百草芳。
时观修竹在，却悔久尘狂。
今当穷曲径，行止白云藏。

　　　　　　　　四月廿三

其五　夜临珠江

银潢横江彻,神女洞房幽。

自是佳丽地,难为老龙囚。

百会明珠弃,一品精蟹留。

磅礴不夜日,星河共畅游。

四月廿三

其六　出广州经茂名至徐闻县

外乡虽客地,羁子神铄铄。

听闻无堂野,壮异有水郭。

博物张华气,搜奇干宝魄。

当与彝人游①,毋望东方烁。

四月廿三

注:①时遇四川彝人,相谈甚欢。

春夜听雨吟

春雨总含情,淅淅梦错连。
当随花信去,难却荼蘼前。
疑自空灵犀,为尔尚顾怜。
忧思常恨汝,涓滴不成眠。

三月初九

感时

青春不为多,流水总堪怜。
一任清容变,千愁造物偏。
能长岂药酒?不死必诗编?
宜当勤更勉,且莫负华年。

三月十五

忆与吴康宁登华山感赋

自来西岳尚英雄,长梯一道入绝巘。
无妨风雨时沥沥,何怕千仞步蹇蹇?
纡曲萦回天门扣,埼礒腾发彩云搴。
回首灯火灭无数,浩荡只余此狂狷。

三月十六

诗送宋绪东赴宁波

洮水漫清波,岷峰最堪豪。
逢节常义顾,有兴必情高。
家国骠姚事,乾坤季子弢。
破浪非宗悫,江浙有新鳌。

　　　　　　　　　　三月廿二

寄陈文强

甘南故事奇，文强浩荡之。
空自风和雨，难为愁与悲。
相逢总瑟瑟，阔远却渐渐。
不能与君酒，拉萨可吟诗。

三月廿二

赋动物园内狮虎

汝曹本烈豪，江山常啸遨。
一旦入园囿，四肢成萧蒿。
黄皮兼弱骨，意气还波涛。
不知深林去，能搏几羊羔？

三月廿二

题画诗三首

其一　试题石涛《风竹图》

百草摇将尽，修竹几伶俜。
才挺石缝破，又舞众峰青。
秀色生白壁，精神焕我形。
蓦然只一顾，已觉身泠泠。

三月廿四

其二　试题郑板桥《无根兰花图》

不知何处来，无根也自娉。
清白嫌秽色，纤弱断豪奢。
纵死犹仙骨，难生在木笆。
飘逐随风势，天地即吾家。

三月廿五

其三　题邵君《深山鹿图》

云翳似春暮，气凝海西冈。

彷徨足默默，迟伫复朗朗。

寥廓江天意，不安铁笼藏。

林深出隐者，青鹿常伴翔。

　　　　　　　　　　　三月廿六

观任明作书而诗

妙笔生龙渊,精魂照四壁。
一线穿莽莽,千香落寂寂。
虫蚁缥缈径,金簋商风厉。
含愁隐微色,积怨动晨鹬。
豁然鹰隼击,彷徨高秋惕。
老鸹鸣木树,凤凰翻云气。
四顾空法意,持诚欲论析。
沉血已化碧,氤氲出斋外。

四月初三

兰州留别任明

吾亦爱雕刻,喜君成奇绩。
挥洒气千点,了寂笔还叱。
张望高月涩,翕开寒萤碧。
风流无晋唐,独领听霹雳。

四月初三

席上吟

独坐竹席凉,吟风夏日长。
窗白闻雀噪,户绿听犬狂。
山色萦天碧,流云点树苍。
却顾兰台冷,相忘满屋香。

四月十九

入四川顺岷江而下

冷雨洒天扉,冻云何时收?
两峰出洪闹,一客对山幽。
犬吠青烟起,竹开碉楼留。
我心如江水,洋洋不能休。

四月十九

端午吊屈原

行藏当由我,何故怨台阑?
抱恨湘波去,传久雕虫谣。
名夸徒圣哲,笑遗几雄杰?
精英时多有,且莫独揭揭。

五月初五

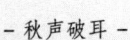

饮西湖龙井

绿叶隐茸密,生香涵太冲。
才闻已醉人,暂离又思逢。
竹风听婉转,日影任西东。
暑热浑不觉,以此消毒龙。

五月初八

雨急

雨急惊壮心，长泻九天河。
数鸟临风仄，千峰荡马呵。
龙宫应有悔，帝所剑当磨。
乾坤任卷舒，清气幸留多。

五月十八

侠客

幽居不问世,攘攘恨跻攀。
蹈义固春秋,扬名岂马班?
幸得侠客在,关河留尔闲。
雄剑时拂拭,寒光照素颜。

　　　　　　　　　五月十八

诗挽田家炳先生

先生朗朗客，南洋首其宏。
遍种兰和蕙，无问声与名。
而今天国去，再少慈悲盈。
香江雨阴抑，涕洒不胜情。

五月廿八

山居雨后

庐外畦田湿,风闲水叶清。
分明天地色,混沌暖寒更。
不悔犹孤愤,长击惜弱骍。
时闻廊木逸,枕月听蛙声。

六月初八

河西行七首

其一　登嘉峪关城楼

望远苍海沉,日影戈壁侵。
边声起绿树,鹰翅重城阴。
浓郁情知苦,相思望却深。
祁连西南立,可表一寸心?

六月初八

其二　登嘉峪关城楼再赋

扼要起茫茫,黑山冷峻眉。
墩影回铁臂,墙色走龙肌。
西域谍飞急,将军箭去嘶。
而今观游地,感叹漫题诗。

六月初九

其三　月牙泉

大漠黄沙寒，一泉月影蓝。

白云常顾盼，古柳自肥甘。

藻荇蓬勃碧，游鱼沉静憨。

梵音实太昊，相忘不能堪。

六月初九

其四　登鸣沙山

日影碧空秀，白云闲去留。

长梯沙漠隐，游客古亭休。

鼓气何如我？撒足岂为优？

绝顶风鸣处，或许驼铃愁。

六月初十

其五　游观莫高窟

幽窟藏宝迹，无奈满创痕。

国弱不自持，豺虎任相吞。

分批劫荡尽，残余忍辱存。

百年老杨怨，志士血如燔。

六月初十

其六　与马玉龙游大湖湾

驾车西湖湾，狂风起树巅。

黑水萦北域，祁连镇南天。

披苇寻木栈，循湍望稻田。

正盈怀旧想，回首一楼翩。

六月初十

其七　高台县赠马玉龙

高兴湖波晚,临风任情遥。
吟赋黄河碧,挥斥兴隆高。
展轴香紫笔,舒卷思倾潮。
已觉灯微曳,投辖又一宵。

　　　　　　　　　　六月十一

观西湖岳武穆王铸像图

至今恨不减,冷目血难枯。
悬刺精百计,披执撼塞胡。
妖氛并社稷,词作空雄呼。
青史自公正,请君寿西湖。

七月廿

致谢林老师

茝蕙空谷闲,清芬落碧间。
犹成秦塞气,纵是粤中媛。
浩荡遍奇景,慨慷轻凤辕。
相望天寥廓,已觉秋斑斓。

七月卅

山中

曦白渐林木，无意访山蹊。
遗跫深碧旻，落迹入石凄。
相逢野人闲，谈笑水声稀。
叠岭逶迤去，云外一鹧鸡。

八月初七

五　火洲也故土，清风洒衣襟

（戊戌九月十六至庚子闰四月廿三）

大漠

大漠独何有？正气与风高。
慷慨引百客，烂漫对群髦。
高兴九畹阔，斑斓一树骄。
萧瑟纵秋暮，吟诗待春朝。

　　　　　　　　　　　九月十六

夜月

昏黄见沙际,渐染无垠白。
一成娇媚色,顿失荒凉腮。
驰骋高岑气,激荡故国台。
与君期千载,盈满落客怀。

十一月廿

元旦前夕

漫漶数华年,客中不知悲。
孤擎对迥汉,瘦影起杳思。
冷炙凝香怯,虫书满架疲。
陋宇寒灯火,助我奋吟诗。

冬月廿四

与徐东万煮火锅

蹀躞不知年,秦余究可崇。
感激荒夐冷,平复境盈充。
老菜徒根固,新芽甚味浓。
火红烧胡髭,酣笑济隆冬。

冬月廿五

忆至汶川

清嶂听岷水，北川①顾中别。
何忧枇杷淡，所喜糍粑洌。
棚洞影虚隔，蜀石天半截。
鸣笛弃利逐，从余探禹穴。

　　　　　　　　　　　　冬月廿八

注：①北川羌族自治县。

司马迁

冷笔蘸血浓，衣袍带气忡。
岂缘薄业紫，更为霜镝雄？
狂剖八千粒，精成一家风。
明烛尖胜棘，长刺瘦骨中。

腊月初四

观景台望刘家峡回吟

时旬六月中,冷雨半空蒙。
环色一横黛,湖天不厌同。
隐郭长处世,栖子老怜篷。
修静非存志,挂席唱悍风。

腊月十四

雪后

岁晏雪纷纷,周丘素裹迎。
因风藏雀动,临霁半空明。
野草噙春醒,墟烟弄木清。
拾级捉红日,与尔竞峥嵘。

腊月廿七

赠张瑞磊

屋外寒流动，白雪瓦疏安。
入眼梢跃薨，分空云争恋。
济濡肥江湖，清澈老石磐。
炉火忘明灭，与君话艰难。

腊月廿七

即景

时觉天蒙蒙，白雪散山轻。
野雉惊场圃，老烟涩邑城。
层田逐浪怒，孤堡坐狮宁。
华年如可见，大壑听风声。

腊月廿八

咏月季花

问我何余闲？徘徊校园东。
独赏一枝瘦，莫望群芳丰。
千层怜露叶，百蕊凄秋瞳。
石径留香影，清容入碧空。

己亥年正月廿五

春吟（十一首）

其一

年来无觉意兴多，诗罢常怀九霄高。
濯剑环瀛纵狂客，相期樱海漫东涛。

正月廿六

其二

一扫浓霾天色新，鸟鸣婉转浸林柯。
和风荡放开怀去，春日最宜白纻歌。

正月廿七

其三

细数河冰乍破音,小园新燕轻来频。
莫嫌如我书斋内,十里春风幸相匀。

二月初三

其四

细风拂我客心缠,伫立荒芜竟何边?
一去长廊惊望眼,万千杨柳爆春天。

二月初三

其五

辗转沙海意气蒸,长歌袭马子路朋。
击节玉箸才将罢,已是春深万户灯。

二月十三

其六

老树欹斜似不堪,铜根铁臂霸田园。
窈窕一夜千蕾动,万点春风火焰痕。

二月十三

其七

妆罢独倚晚风痕,素衣清扬佐春光。
月色缠我我似醉,夜深无觉满城香。

二月十四

其八

老树盘根据河垓,一枝翠柳俏独栽。
嫩黄兼得天蓝色,深红时节莫自哀。

二月十四

其九

夜来听风久低昂,壮客不寐水一方。

纵使沙渚花落尽,再有青鸟鸣悠扬?

二月十五

其十

冷园偏角小桃红,移根高楼失形容。

铁栏围箍骨似碎,欲探春风恨不能。

二月廿四

其十一

荒僻河滩杂粪痕,沙窝处处久不栽。

一星余红娇千点,探身岩寒寂静开。

三月十三

闻故园雪咏桃花

故园春正发，白雪迫枝趋。
余冻煎还俏，不忍缩美腴。
红影凝天色，孤情照落晡。
为汝乞一朵，寄与南庄姝。

二月初三

南湖观杏花

南湖杏花殷，远客独自临。
云霞蒸腾蔚，绮绣焕若炘。
香蕊无风隐，纤瓣有时嗔。
聊将一树春，寄与千里亲。

二月十五

花间

花间逢缟袂,犹疑半含春。
苦心鸣诗句,一顾怅无垠。
泚浃影绰绰,河汉水粼粼。
瑶台如可待,不负芳华辰。

三月十二

巴黎圣母院失火

燹至犹庄蝶,风发已槁灰。
狂骄千载胜,痛恨一时哀。
精镂独天斧,细琢空世才。
宜当共长歌,遥逐在劫灾。

三月十二

追挽金庸先生

大星粲穹碧,流光美如瑳。
一旦弃缥缈,银河暗无波。
奔腾单笔纵,回荡九肠多。
江湖约霜酒,涕堕奈少何?

三月十三

游红河谷两首

其一

火日针如棘,平沙静寂逼。

独碑悬目外,一线眦眼北。

猗郁腾红谷,艰难透木植。

翻波虽槁死,风醒可呜唧?

三月廿七

其二

战客独天外,茫茫益风神。

沙碑明虫迹,裂地暗年尘。

波静云昏固,桥惊车滚新。

浩歌当宏远,只与旷浪亲。

三月廿八

叹

铁窗黯淡杂雨痕，跋扈流年最伤情。
时有鸟雀殷勤探，不识主人怅难平。

三月廿七

老木

沙地一老树，纷披半空彻。
纠缠绳紧臂，盘曲气肿节。
虫蚊动浮勤，鸟雀聒噪热。
我心犹此木，蚴蟉不可解。

三月廿八

读苏诗兼怀苏子

南荒九死辞,不悔亦自宽。
曾因儒道躁,今更佛老安。
海壮波摇动,天阴云郁繁。
或晚晴空碧,白鸥也知寒。

三月廿八

登览怪石林

一度塞情激,石林可骋怀。
桥横白水纵,路断神梯开。
千态貔狱憨,百姿鸟凤乖。
绝巅平地远,万象尽沙埃。

　　　　　　　　　　三月三十

与诸君午宴农家乐

春暮沙杏圆,余香院中留。
细水九肠绕,凉风半袖羞。
哔剥听火响,悠长味肉脎。
惜哉无美酒,联诗换兴幽。

三月三十

与赵国勇马国琪暮中循河而归

饭罢抚栏晚风吹,双影白鹭自在飞。
待得回眸停驻地,日落纹水满霞辉。

四月初二

与诸君夜饮

万里期樽罍,相逢意气开。
浓香熏陋室,愁苦散丰醅。
援挽瑶池绿,工拙财货哀。
莫管长夜纵,助我三百杯。

四月初四

遥怀柳宗元

轻躁王叔文，朋党祸乱旋。
崩厦一纸诏，走猱百荒烟。
凄神明潭水，怆骨暗林天。
十年永州地，孤恨在简编。

四月初八

风后

风后阴霾罩此城,奇花异木散无垠。
鸟雀焉知王导意?喧喧鸣付元规尘。

四月初八

赠沧州赵国勇

暑气暮还飙,与君客陋屋。
炙分红箸影,杯动紫霞曲。
浓味兼愁散,长言更忧逐。
沙风时骤彻,不减碧宇独。

五月初三

小辫

小辫今盈尺,风姿半天奇。
疏桐留倩影,醴泉散幽思。
问尔欲何之?东岳翩翩宜。
相隔应不恨,鸣蝉噪我诗。

五月初三

应马国琪邀宴香格里拉饭庄歌以赠之

青春不忧愁,白鹭自在突。
相吟明灯跃,歌谈卧室忽。
琴弹独一把,七弦销客骨。
无觉晚风骤,凭河邀大月。

五月廿五

苏武吟

北海孤风恶，毡毛病雪淫。
本怀千里重，岂望万年深？
亲泪惨无时，皇约冷不喑。
茫茫唯地冻，落落独人临。
胡酒刮我肠，年岁仄我心。
时有暗探近，深夜对羝吟。

六月廿二

李愬

受命更不寐,忧思在淮西。
牵连成地霸,联袂藐皇姿。
择勇何主次?他将有骁奇。
问谋正夜半,风雪出豹师。

六月廿六

雨中

天吴移水作沥沥，无觉园蔬碧蓬蓬。
时来清风与尔意，秋声也许鸟鸣中。

七月初二

元旦感怀

铁窗锁我敝室中,香紫书余满墙空。
战死乌江犹不恨,唯悲故人吕马童。

腊月初七

晚寒

晚寒白雪待春华,相思万缕舞天涯。
爆竹声中除夕去,为国不恨不在家。

庚子年正月初二

赠别张立恒

两载边沙路,崎岖相忆深。
且击高渐筑,莫叩冯谖琴。
分炙千秋往,同袍万年今。
火洲也故土,清风洒衣襟。

闰四月廿三

附录（词）

南乡子·春暮闲愁中

　　春暮闲愁中，独自凭栏近水涯。江上洲渚多芳草？濛濛，烟雨暗湿好年华。

　　今朝何处家？且将貂裘换袈裟。无奈卿言卿意重，茫茫，微风细处燕子斜。

丁酉四月初七

醉花阴·春暮春愁千万丝

春暮春愁千万丝,小径寻芳迹。一寸一残红,雨思云恨,寸寸令人醉。

多情长怨君情寂,羞月泠泠意。相逢何忍弃?缀盈诗卷,莫作风流记。

四月初八

钗头凤·满城风絮撩人面

花残也,春归去,满城风絮撩人面。
铜镜圆,轻颦蹙,谁把韶光,暗中偷换。
慢!慢!慢!

意千结,情千叠,何人巧慧解连环?
思悠悠,恨悠悠,万里关川,一纸薛笺。
难!难!难!

四月初九

更漏子·窗色白

　　窗色白，夜无痕，深院寂寂重门。更漏尽，人未眠，烛光点点残。

　　明日恨，今朝愁，何时著舟百顷？一弦歌，一管吟，悠悠与鸥盟。

四月十一

清平乐八首

其一　此恨绵绵

此恨绵绵，此情何处忆？今夜西风暗虫唱，万千荻芦瑟瑟。君去蔷薇已谢，君来春红可觅？如是灯影参差，恍惚庄梦重历。

七月廿四

其二　览马明远所拍隆德县崇安村图而词之

流沙惊起，鼙鼓催鸣弓。万里狼烟突北去，将军笑谈横纵。而今百草峥嵘，一二鸟雀西东。古壁夕阳残照，四野空闻晚钟。

七月廿七

其三　秋夜

七月廿七，辗转又难寐。细听蝉噪轻笼闭，石榴暗圆风细。忆昔明灯枯读，银蛇狂舞雪笺。误是弓刀正迩，窗外数点星寒。

七月廿七

其四　九一八

蹂躏成泥，关河声声泣。高粱与菽同战栗，东瀛狼鬼风急。九月古城梦断，寒蝉一夜凄怨。美人和春帐暖，将军醉眼如霰。

七月廿八

其五　"九一八"历史纪念日

警报声起，匆促凭栏望。百年如烟风过耳，历史疮痍谁当？九月山河萧索，人民正图雄强。只是此心慷慨，何处话尽沧桑？

七月廿八

其六　黄尘滚滚

黄尘滚滚，影视听鸣马。无数名角演忠魂，几人可堪王霸？

如若早生百年，微躯奇谋帐下。纵使千疮百孔，为国为家何怕？

七月廿八

其七　忆与诸生登岷山次韵毛泽东《六盘山》[①]

天清云淡，塞外几行雁？红日冉冉冲霄汉，霞光丛林万万。

与君煮酒岷峰，讲武共醉秋风。水绕山城而去，莫论人间蛇龙。

八月初一

注：①毛主席原词："天高云淡，望断南飞雁。不到长城非好汉，屈指行程二万。　六盘山上高峰，红旗漫卷西风。今日长缨在手，何时缚住苍龙？"

其八　忆与诸生登二郎山赏"花儿会"次韵稼轩《村居》[1]

莫嫌名小,二郎丰百草。千年古音何处好?试看此家村媪。

洮水悠去城东,高鸟不羡尘笼。万里长空寥廓,与君共舞飞蓬。

八月初一

注:[1]辛弃疾原词:"茅檐低小,溪上青青草。醉里吴音相媚好,白发谁家翁媪?　大儿锄豆溪东,中儿正织鸡笼。最喜小儿亡赖,溪头卧剥莲蓬。"

后　记

　　诗人在诗中确证自己，并完成自己。

　　黑格尔说，"人有一种冲动，要在直接呈现于他面前的外在事物之中实现他自己，而且就在这实践过程中认识他自己"（《美学》）。为政者在社会治理中实现他自己，道德追求者在善的实践过程中实现他自己，诗人则在诗的创作中实现他自己。陆机说，"诗缘情而绮靡"（《文赋》）。诗人的情感是极其丰富的，大自然中的物象，社会生活中的人事，都可以激发起诗人强烈的情感。强烈的情感在诗人心中激荡不息，令诗人"痛苦不堪"。而生活中的理性却不允许诗人随意抒发，诗人只好借助一种方式——诗歌写作，来祛除痛苦，平衡自己。当这种情感在诗中得到确证，诗人就算完成了自己。久而久之，写诗这种行为就成为诗人的一种习惯，成为其生命中不可缺失的一部分。

　　在写诗过程中，诗人与自然万象（当然包括社会历史万象）是平等相处的。"我见青山多妩媚，料青山见我应如是。"（辛弃疾《贺新郎·甚矣吾衰矣》）诗人内心强烈的情感外化到自然万象上，本身是纯粹的客观的自然万象，一下子似是神灵赋予它们生命力，勃勃欲动起来。此时，诗人的观念世界被无数个跃动的精灵所占据，它们争先恐后地与诗人的心灵展开交谈。诗人选择最合他心意的若干，形诸纸上，这就是诗中的意象。意象契合诗人情感的方式大概有三种。

一是"直抒胸臆"，强烈的情感掩盖了意象的存在（并不代表意象不存在）。如《箜篌引》"公无渡河，公竟渡河。堕河而死，将奈公何"（郭茂倩《乐府诗集》引），一个饱含关切之怀、抒发着浓重的惋惜之情的抒情者形象跃然纸上。另如李贺《南园》中的"男儿何不带吴钩"，普希金《假如生活欺骗了你》等。正如华兹华斯所说的"一切好诗是强烈情感的自然流露"（《抒情歌谣集·序言》），这种诗歌之所以打动人心，是由于情感的强烈与情感的自然。情感强烈，强烈则有力，足以震动现实生活中情感的平庸；情感自然，自然则真挚，足以矫正现实生活中情感的虚伪。一切矫揉造作的情感总与诗歌无缘，因为现实中的矫揉造作已经足够，毋须诗歌来增强。

二是"物我不二"，强烈的情感与意象并存于诗歌，并相互渲染，东方抒情诗多采用这种方式。如《湘夫人》"沅有芷兮醴有兰，思公子兮未敢言。荒忽兮远望，观流水兮潺湲"（《楚辞·九歌》），"潺湲的流水"已不再是纯客观的潺湲的流水，而是"思公子"者在"荒忽兮远望"的情境中产生的某种期待中的含情脉脉的心理状态，王夫之的"情景名为二，而实不可离。神于诗者，妙合无垠"（《夕堂永日绪论内编》），说的就是这种情况。客观物象因主观情感的投注而灵气活现，主观情感因客观物象的赋形而具体可感，两者在诗中"二而一之"，产生了一种既超越客体，又超越主体的"韵味"，即司空图所说的那种"韵外之致""味外之旨"（《与李生论诗书》）。这种甚至不通过读者的想象力（更别说形象推演）就可以使读者进入最佳境界的诗歌，可以说是最为高妙的诗歌。

三是"隐喻象征"，意象的构造隐没了强烈的情感（并不代表强烈的情感不存在），象征主义诗作多采用这种方式。马拉美说，"诗写出来原就是叫人一点一点地去猜想，这就是暗示，即梦幻。这就是这种神秘性的完美运用，象征就是由这种神秘性构成的：一点一点把对象暗示出来，用以表现一种心灵状态"（《关于文学的发展》）；瓦莱里说，"任何真正的诗人都善于正确的逻辑推理和抽象思维，他的这种能力远远超过了一般的估量"（《诗人与抽象思维》）。以这种方式构造出的诗歌，代表了诗歌哲理化的倾向。如果"直抒胸臆"型的诗歌须要以主观感受的方式来把握，"物我不二"型的诗歌以直觉领悟的方式来把握的话，"隐喻象征"型的诗歌则离不开想象力和抽象思维的共同参与。

当然，这三种方式在诗歌写作中并不是截然对立的，作为诗歌构造方式，可以同时出现在一首诗歌中。如李商隐的《锦瑟》，全诗采用隐喻象征方式，但尾联"此情可待成追忆，只是当时已惘然"明显是感情的直接表达；聂鲁达的《倚身在暮色里》，全诗采用的也是隐喻象征方式,但"物以情观""思与境偕",形象与抽象兼具,又融为一体,可以说是诗中的上乘之作。诗人写诗最重要的是如何表达自己想要表达清楚的情思,而不是该采用什么样的方式(并不意味着方式不重要)。

我为什么要强调诗人"情感的强烈"?苏轼说,"吾文如万斛泉源,不择地而出,在平地滔滔汩汩,虽一日千里无难。及其与山石曲折,随物赋形而不可知也。所可知者,常行于所当行,常止于不可不止,如是而已矣"(《文说》)。写诗也一样,情感的饱和度不够,不要去写诗。当情感的涵养升腾到一定程度后再进入写作状态,"与山石曲折,随物赋形",做到自然而然。当这种情感完全移注于诗歌时,写作就该收尾了。优秀的诗歌,都是在这种状态下写出来的。

为什么一些诗歌形式精美、不乏意象、又有哲思,具备优秀诗歌的诸多特点,但就只是一首平庸之作?如选入《楚辞》的《惜誓》《七谏》《哀时命》等。因为作者在创作时,只知有古人的意象而不知有自己的意象,只知有古人的情感而不知有自己的情感,导致作品中缺乏一种"动人的力量",缺乏那种能够贯注整体的"生气"。而这种"动人的力量",和贯注整体的"生气",只有强烈的情感才能赋予它。情感无论何种类型,或愤恨、或旷达、或忧愁、或恬淡,都应该使它强烈,使它涵养到一定的程度。

诗人对万事万物的欣赏,归根结底都是一种"自我欣赏"。

诗歌创作，就是诗人自我欣赏的过程。诗人写一株草，一片云，或者历史中的一个人物，未来世界中的一件事物，甚至只是观念运动中的纯粹臆造物，都写的是他自己，或者与他密切相关。一个优秀诗人，固然是尊崇伟大古典但绝不会唯古典马首是瞻，固然是敬重同时代的优秀诗人但绝不会在其后亦步亦趋。当然，自我欣赏不是唯我独尊，而是"以我观物""物我通融"之后在诗中表达真情实感。

为什么这种自我欣赏的产物却能够对别人发生作用？这源于情感的普遍效用和审美判断的共通性。叶芝的《当你老了》，令无数人为之感动，无论年龄、阶级和民族，这不仅仅是因为它表达的是一种真情实感，是一种纯粹的感情，更是因为它是在一种真情实感，一种纯粹的感情下写成的。人们本来有着一颗纯粹的心灵，只是在后天的活动中受到了不良风习的浸染而变得不纯粹；一旦这颗心灵，被另一颗纯粹的心灵所激活，人们马上就会产生一种强烈的认同感，因为这些东西本来就是人们先天所具有的。所以，尽管诗歌是诗人自我欣赏的产物，但因为真情实感的原动力，诗歌依然会对读者的心灵发挥强力。

诗歌是美的载体，诗歌的本质在于其审美的特性。美在于语言，如"香稻啄余鹦鹉粒，碧梧栖老凤凰枝"（杜甫《秋兴八首·其八》）；在于语言中的形象，如"河水清且涟漪"（《诗经·魏风·伐檀》），"桃花依旧笑春风"（崔护《题都城南庄》）；在于形象抒情者的真情，如"投我以木瓜，报之以琼琚；

匪报也，永以为好也"（《诗经·卫风·木瓜》）；在于语言外的哲思，如"居高声自远，非是藉秋风"（虞世南《蝉》）；更在于诗歌所营造出的整体氛围，如"采菊东篱下，悠然见南山"（陶渊明《饮酒·其五》）。一朵花，这里的人看到很美，那里的人看到也很美；一首诗，过去的人读了很美，现在的人读了也很美。人们对美的判断，具有普遍效用性（只是对花的审美判断的效用性是超越了文化认知范型的局限，对诗的审美判断的效用性则明显具有一定的相对性）。

审美判断带来审美享受，审美享受关乎精神的解放和心灵自由的实现。在现实生活中，无论他是否家财万贯，是否位高权重，人们都要屈从于生存意志，把关注重点放在"功利"上。审美本质却在于其无功利的属性，这样，现实中的人从生活状态进入审美状态，就从功利状态进入非功利状态——人从物质关系的束缚中解脱出来，进入精神自由的境地，便会获得无比的轻松和快适。人为什么能通过诗歌进入自由之境呢？这是因为诗人是在自由状态下写作的，在强烈情感的作用下，主观之我与客观物象之间的功利关系已经被消解掉了，在诗中呈现出来的是主客融通后的美的存在。读者进入诗歌，直接面对的是已经被消解了物质功利关系的美的存在，这就自然而然地进入美的怀抱。

试着想想，当你早晨起来，看着曙色慢慢向周天扩散，想起诗句"黎明升腾而起，如鸽群飞扬"（兰波《醉舟》），你的心中是不是汹涌起一股股感动呢？

我的专业是文艺学，以上是我综合专业学习与诗歌写作而谈的一点肤浅体会。专业是我的事业，诗歌写作是我生命中昂贵的一部分，二者皆我所喜，都对我无比重要。当然，任何一个领域，都是一片汪洋，我只是一名初级探索者，还望各位方家慷慨指导！

本书选辑了我写的三百首古体诗词。当然，作为一名写诗者，他可以选择他喜欢的任何一种诗歌形式，只要能够完美地表达他的情感和心灵——诗歌形式本身就是为表达诗人的情感和心灵而存在的。我之所以选择古诗形式，是因为我深深地迷恋着古典，我也是一路追随着古典而前进的。本科时写过两篇学术论文，一篇是《仙才与鬼才的想象——李白与李贺"想象"之比较》，一篇是《〈史记〉中的复仇人物形象分析》。后来之所以选择文艺学，也是为了更深地理解古典。

关于本书的构造。本书按照写作时间编排，写作时间以阴历方式标在每首诗后；按照写作心境和写作风格的变化，分为五部分，临末附录了若干词；在每一部分内部，主题相对一致的诗作被集中到了一起，如《秋词七绝（十二首）》《咏史（十五首）》及《广州回吟（六首）》等。

关于"秋声破耳"。欧阳修说，"异哉！初淅沥以萧飒，忽奔腾而砰湃，如波涛夜惊，风雨骤至。其触于物也，鏦鏦铮铮，金铁皆鸣；又如赴敌之兵，衔枚疾走，不闻号令，但闻人马之行声……此秋声也"（《秋声赋》）。曾有一段时间，我对秋声的体验，同欧阳公一般明晰，一般深刻。正是在秋声中，我才发现我与外在自然之间存在有某种感应关系，我才慢慢地体味到生命存在的悲凉与壮阔。

　　在此，感谢我师朱斌先生的精彩前序和西北师范大学文学院的经费资助，更感谢我的家人多少年来的辛勤养育和一路走来给予我力量的各位朋友！

　　秋风吹不尽，万里玉壶情！

大地赤子

2021年7月28日于老家通渭